A Rookie reader® español

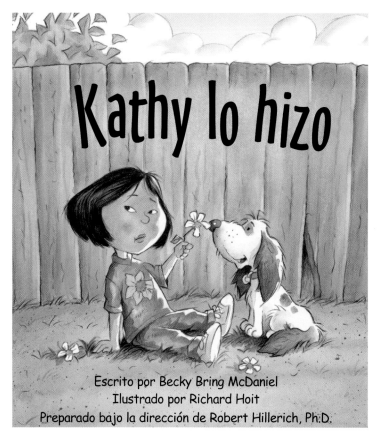

Kathy lo hizo

Escrito por Becky Bring McDaniel
Ilustrado por Richard Hoit
Preparado bajo la dirección de Robert Hillerich, Ph.D.

Children's Press®
Una división de Scholastic Inc.
Nueva York • Toronto • Londres • Auckland • Sydney
Ciudad de México • Nueva Delhi • Hong Kong
Danbury, Connecticut

Dedicado a mi esposo Larry y a nuestros tres hijos, con todo mi amor.—B.B.M

Dedico este libro a Roger y Fran Gee, para agradecerles por todo el apoyo y aliento que me han aportado. —R.H.

Especialistas de la lectura

CR 37402000718010

Linda Cornwell 10-17-03
Especialista en alfabetización

Katharine A. Kane
Especialista en educación
(Jubilada de la Oficina de Educación del Condado de
San Diego, California, y de la Universidad Estatal de San Diego)

Traductora
Adriana Domínguez

Información de Publicación de la Biblioteca del Congreso de los EE.UU.

McDaniel, Becky Bring
  Kathy lo hizo / escrito por Becky Bring McDaniel ; ilustrado por
Richard Hoit.
      p. cm. — (Rookie español)
  Resumen: Kathy es la más pequeña de la familia y sus hermanos siempre
  la culpan de todo, pero a veces es bueno saber que "Kathy lo hizo".
  ISBN 0-516-25891-5 (lib. bdg.)   0-516-24618-6 (pbk.)
  [Hermanos y hermanas—Ficción. 2. Materiales en español.]
  I. Hoit, Richard, il. II. Title. III. Series.
  PZ73.M37165 2003
  [E]—dc21
                         2003000021

Kathy era pequeña.

Su hermano Kris era más grande.

Su hermana Jenny
era aún más grande.

Cuando alguien derramaba la leche,

Kris y Jenny siempre decían...
"¡Kathy lo hizo!"

Cuando alguien olvidaba
la pelota afuera,

Kris y Jenny siempre decían...
"¡Kathy lo hizo!"

Cuando alguien
dejaba la luz encendida,

Jenny y Kris siempre decían...
"¡Kathy lo hizo!"

19

Cuando alguien dejaba
la puerta abierta,

Jenny y Kris siempre decían...
"¡Kathy lo hizo!"

"Kathy lo hizo, Kathy lo hizo."
Kathy siempre oía lo mismo.

25

Un día, mamá llamó a Jenny,
a Kris y a Kathy.

Les preguntó:
"¿Cuál de ustedes me regaló estas hermosas flores?"

¿Y sabes lo que hizo Kathy?

Kathy dijo: "¡Kathy lo hizo!"

Lista de palabras (49 palabras)

a	derramaba	hermosas	luz	puerta
abierta	día	hizo	mamá	que
afuera	dijo	Jenny	más	regaló
alguien	encendida	Kathy	me	sabes
aún	era	Kris	mismo	siempre
cuál	estas	la	oía	su
cuando	flores	leche	olvidaba	un
de	grande	les	pelota	ustedes
decían	hermana	llamó	pequeña	y
dejaba	hermano	lo	preguntó	

Sobre la autora

Becky Bring McDaniel nació en Ashland, Ohio, pero vive en Gainesville, Florida, donde estudia escritura creadora en la Universidad de Florida. Varios de sus poemas han sido publicados en revistas como **Creative Years** y **The National Girl Scout Magazine**. Becky ha escrito numerosos libros para niños. Está casada y tiene tres hijos de entre cinco y nueve años de edad.

Sobre el ilustrador

Richard Hoit es un ilustrador independiente establecido en Nueva Zelanda. Siempre le ha gustado dibujar y pintar, por lo que decidió

seguir sus estudios en Bellas Artes. Richard empezó ilustrando carteles, cubrecamas y latas de galletas. Hoy en día, dedica todo su tiempo a ilustrar libros para niños. Sus ilustraciones pueden hallarse en libros de todas partes del mundo.